AF403278

JEUNESSE !

Se souvenir, hélas ! — oublier — c'est sur terre
Ce qui, selon les jours, nous fait jeunes ou vieux !
A. de MUSSET (*Le Saule*).

SEMUR

IMPRIMERIE ET LIBRAIRIE VERDOT
Rue Buffon, 26.
1874

JEUNESSE!

JEUNESSE !

> Se souvenir, hélas ! — oublier — c'est sur terre
> Ce qui, selon les jours, nous fait jeunes ou vieux !
> A. de MUSSET (*Le Saule*).

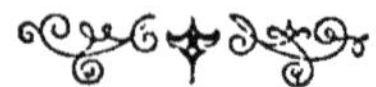

SEMUR

IMPRIMERIE ET LIBRAIRIE VERDOT

Rue Buffon, 26.

1874

Et qu'importe mon nom ici?
Le nom n'est pas la flamme :
Si j'ai semé mon âme
Dans ces pages, cela suffit !

PASSÉ !

Lorsque tu m'apparus pour la première fois
Incertain, au bord de la vie
J'écoutais murmurer cette lointaine voix
Qui pénètre l'âme ravie.

Sur mon front dix-sept fois le printemps embaumé
Avait bien effeuillé ses roses :
Je souriais au soleil, respirant enivré
Parmi des fleurs à peine écloses.

Et mon cœur débordait, et j'écoutais l'oiseau
A demi caché sur la branche
Redire à mon oreille : aime ! — Et près du ruisseau
Le répétait l'humble pervenche,

Ton œil qui fait songer, à cette heure de flamme,
  Montra son azur à mes yeux ;
Et mon cœur s'épanouit aux rayons de ton âme,
  Ange d'amour aux blonds cheveux !

Oui ! lorsqu'à tes accents j'applaudissais rêveur,
  Je m'enivrais de ton sourire ;
Au bal lorsque ton sein frémissait sur mon cœur
  Oui ! je t'adorais en délire !

Ah ! ne va pas d'un mot évanouir mon aurore !
  Ne va pas briser mon espoir.
Ah ! laisse-moi douter, s'il faut douter encore :
  Il fait si bon rêver le soir !

Mai 1868.

PRIÈRE !

C'est avec l'hirondelle et quand s'ouvre la rose
    Que vous revoyez le hameau,
Quand du myosotis la fleur si vite éclose
    Se mire au cristal du ruisseau,

Vous, dont souvent la nuit, comme un chaste mur-
    Me soupire le nom charmant,   [mure,
Quand je dors, à l'heure où tout dort en la nature
    Hormis l'étoile au firmament.

Seule, dans la prairie, assise au bord de l'onde
    Qui fuit sous les blancs peupliers,
Autrefois vous aimiez la voir couler profonde,
    Berçant les roseaux à vos pieds.

Vous irez de nouveau vous asseoir au rivage,
Et l'onde tout bas vous dira :
Oh ! ne l'oubliez pas ! — Et l'écho du feuillage
Doucement le répétera !

Lorsque le frais zéphir ride l'herbe des prés,
Lorsqu'il berce la fleur dans l'ombre,
Et revêt le coteau de longs souffles diaprés,
Lorsque le vallon est plus sombre,

Lorsque la lune au soir par delà le grand tremble
Pure, s'élève, et monte aux cieux,
Lorsqu'elle se cache et rit sous la feuille qui tremble,
Au-dessus du flot silencieux ;

Lorsque brille, superbe, au front de la montagne,
Vénus, doux flambeau de l'espoir,
Etoile qui regarde au loin dans la campagne,
Seule, tu vas rêver le soir !

Oh ! rêve et souviens-toi ! — Vois à tes pieds la fleur
Qui, triste, gémit sur la terre,
Sa tige penchée en vain, en vain cherche une sœur :
Elle pleure, elle est solitaire !

Comme la pauvre fleur qui pleure délaissée
Tu n'as point vécu sans amour ;
Oh ! s'il ne t'en souvient de cette heure passée,
Demande au flot qui fuit toujours.

Demande au frais zéphyr, à la nuit radieuse,
A l'astre qui brille là-bas ;
S'ils n'ont pas oublié, à ta voix soucieuse
Tous rediront un nom tout bas !...

Mai 1868.

THIL !

Salut! géant de pierre, au haut de la montagne !
Grand géant tout gris, terrassé par le temps !
Salut! castel, salut! O roi de la campagne
Qui, riante et féconde, autour de toi s'étend !
— Vert tapis, elle va baiser l'eau capricieuse
De ce ruisseau serein qui serpente à tes pieds,
O mon noble castel, sous les blancs peupliers !
Salut, aigle qui dors! aire silencieuse ?...

Blocs moussus qu'a léchés le temps sans les user,
Oh! je vous aime ainsi !—Vieux donjon qui te drapes
Dans les sombres festons de vert que t'a jetés,
Comme un manteau d'hiver, le lierre aux noires grap-
Je t'aime ainsi ! — Jadis jour et nuit tu veillais, [pes
Funèbre sentinelle, et sans cesse en la plaine
Tout endormie au loin, là-bas tu regardais :
A cette heure gisant à demi sur l'arène
Comme le sphinx tu dors un éternel sommeil !

Oh ! dis-moi, lorsqu'au soir, le couchant est vermeil
Pourquoi j'aime songer sur ta ruine empourprée ?
Dis-moi, que rêves-tu dans ton cœur de granit
Quand le pâle rayon de soleil joue et rit
Au seuil de ta porte où croit une herbe isolée,.
A l'heure où sur la plaine expire un dernier bruit?
Dis-moi, le tiercelet, châtelain des tourelles,
Que chante-t-il aux cieux, lorsque les tourterelles,
A son cri de fureur, s'envolent dans la nuit ?

Qu'ils sont beaux tes tilleuls,—pâles restes des âges—
Sur leurs gros troncs nerveux se dressant invaincus,
Qui, dans ces ruines, seuls, au maître ont survécu,
Sur sa tombe ignorée enlaçant leurs ombrages !
Que tu me plais aussi, toi, sombre monument
Qui dresses ta tour vide, — église désolée,
Où le vent chaque soir chante un lugubre chant,
Lorsque l'*Angelus* tinte en bas dans la vallée
Et passe en gémissant sur l'asile des morts !...

Que je t'aime, château, sur le mont où tu dors !...
Un jour, il m'en souvient, jour d'été, de lumière,
Le soleil, du donjon dorait la cîme altière
De ses derniers rayons : sur le front du mourant

Ainsi paraît et rit la vie en s'envolant.
J'avais gravi le mont ayant au cœur la flamme
Que l'on appelle amour, que j'appelle bonheur.
Longtemps sous les tilleuls erra mon pas rêveur :
A chaque bruit du soir je frissonnais dans l'âme
Comme aux baisers du vent frissonnent les perven-
En face du donjon, au bord vert du sentier   [ches !
Dans l'ombre je m'assis : pure, à travers les branches
La lune s'élevait — je me pris à rêver. —
Le silence régnait en bas de la campagne...
Près de moi, sur le mont, les ruines se taisaient...
Soudain il me sembla que ces murs s'éveillaient :
La tour se redressa, fière sur la montagne ;
Dans le fossé je crus entendre gémir l'onde.
« Chevaliers, je songeais à vos armes de fer,
« A vos cœurs aimants et fidèles, comme l'air
« Est fidèle à l'oiseau. » Là haut, l'archer de ronde
Veille silencieux et penché vers la plaine ;
Sa main d'acier s'appuie au bord du créneau noir.
Il garde ton repos ; dors, belle châtelaine,
Tandis que l'ombre règne en ton gentil manoir !
. . . .
Mais un cri fend les airs, et du fond de la nuit
S'élance — c'est le cri rauque de la chouette

Qui hurle et hue au flanc noir de la tour muette !
Le chien du vieillard qui garde le mont maudit
Aboie — et la tour croule... et tout s'évanouit !...
. . . .

Pourquoi donc, oh ! pourquoi, parfum de la jeunesse,
Ne pas durer toujours : rêves — amour — ivresse ?

20 novembre 1868.

AU POËTE !

Barde, ma muse est jeune et ne sait pas chanter !
J'aime.... et triste ce soir, je ne puis que pleurer :
J'ai lu ton Jocelyn, ce pur rêve où s'épanche
Un rayon de ton cœur — belle urne qui se penche
    . Versant d'harmonieux sanglots !

J'écoutais dans mon âme un écho [de ton âme
Poëte au front brûlant et je voyais s'asseoir
Une ombre à mon chevet,—suave ombre de femme,—
Quand ta lyre pleurait, comme tout bas le soir
    La brise pleure sur les flots !

Inconnu, loin de toi, triste de ta tristesse,
Pourquoi mes yeux se sont mouillés de douces pleurs?
Pourquoi cette nuit me fut une nuit d'ivresse
Quand ta voix me disait d'immortelles douleurs
    Le lac — Laurence — et ses adieux?

C'est qu'il est des accents ignorés de la terre
Qui les entend passer, mais ne les comprend pas :
— Harmonie où le cœur au cœur parle tous bas —
Confidence de l'âme à l'âme solitaire

Lyre, dont l'accord vibre aux cieux !

6 décembre 1868.

A UNE BOUCLE DE CHEVEUX !

Sur le front pâle de ma mie
Voltige une boucle jolie
Une boucle de cheveux noirs !

Oh ! que j'aime voir l'amoureuse
Jouer avec l'haleine rêveuse
Du zéphir qui souffle les soirs.

Alors que tout dort, rêve ou pleure,
Qu'enivré je laisse fuir l'heure
Et repose mon front joyeux

Sur le cœur d'or de ma charmante,
— Tous les deux cachés dans sa mante
Comme deux passereaux frileux. —
. . . .

Que je voudrais, boucle éplorée,
Toujours voir sa joue adorée,
Comme toi toujours l'effleurer.

Et quand frémit dans la nuit noire
Au songe affreux son sein d'ivoire
Clore ses yeux par un baiser !

8 décembre 1868.

SOUVENIR !

Fille d'Eve, blonde et rieuse,
Lorsque ta voix mélodieuse
Murmure un suave chant d'amour,
D'où vient que ton œil bleu toujours
Se voile d'humides sourires,
Le soir au foyer où m'attire
Gaité — jeunesse — et bien bon cœur ?

Lorsque ton haleine redit
« Paquerette au charmant visage »
D'où vient qu'à ces mots j'ai senti
Ton cœur battre sous ton corsage
Plus vite, et le mien s'enivrer
De bonheur à ce doux penser ?

D'où vient, charmante, qu'une flamme
Sur ton beau visage de femme
Passe, quand tu gémis tout bas
Des mots que tu ne comprends pas,
Dis-tu? — D'où vient donc qu'à cette heure
Mon cœur aux pleurs de ta voix, pleure
Et rêve, à ses rêves de feu?...

C'est qu'aux chants que ta voix soupire
L'harmonie a descendu des cieux
Sur tes lèvres roses, pour dire
Regards, baisers — concerts brûlants —
Que jeune cœur qui souffre et aime
Ecoute chanter en soi-même
La nuit, dans un songe, à vingt ans!...

7 janvier 1869

!

Enfant! joyeux flambeau de la douce espérance!
Foi du passé dans l'avenir!
Sur ton géntil front d'ange, où brille l'ignorance
Du malheur qui va venir,
Laisse-moi déposer
Un bon baiser!

Moi qui rêve à ton pur sourire
Moi que le monde a torturé,
Que je voudrais aimer ton rire!....
Hélas! j'ai déja tant pleuré!

10 février 1869.

AMITIÉ DE FEMME !

Sainte, ô sainte amitié de femme,
Suave parfum, calme, bonheur,
Pur baiser d'une âme à une âme
Qui fait tant de bien à mon cœur,

Sous ton aile d'or que caresse
L'amour, je me suis endormi
Dans une divine paresse,
Fatigué du monde et du bruit.

O monde trop cruel, prends garde !
Laisse dormir l'enfant joyeux !
Parle plus bas ! l'amitié garde :
Passe et reste silencieux.

Si courant ta route rapide
Tu m'oubliais en t'enfuyant
Si tu laissais mon âme avide
Respirer près d'elle un printemps,

Se retremper à l'onde pure,
Peut-être je te bénirais
D'avoir oublié, fange impure,
Qu'une âme à mon âme parlait!

Va, laisse-nous! elle est si bonne!
J'aime tant à voir son œil bleu,
Ses cheveux, sa taille mignonne
Quand, la main dans la main, tous deux

Des bois verts nous foulons la mousse!
Va, laisse-nous! Elle est si douce:
Quand ma tendre mère a quitté
Son enfant, ma mie a pleuré!...

A MA MÈRE!

Le ciel est sombre! Les nuages
Courent vite là-haut, comme dans les orages!
Le vent autour de moi courbe les sapins noirs,
Et hurle sa chanson des soirs!
Je me sens pleurer!.... mère, mère,
Écoute ma prière!..
Pourquoi suis-je donc délaissé?..
Si j'avais au cœur l'espérance,
L'espérance
Et ton baiser?...

Des méchants ont voulu ravir
A moi ton pur amour, et à toi l'existence :
Dieu se rit de leur vain désir!
Tu meurs.. et j'ai pleuré!.. s'il fallait la vengeance!

Ah ! ils t'ont fait mourir !.. mais j'entends ta prière,
« Pardon » — Et moi je te souris,
Et je demande à Dieu, son beau ciel pour ma mère,
Du bonheur pour nos ennemis !

Mais, sans toi, j'ai peur sur la terre !
Si tu savais combien le monde est malfaisant.
Je voudrais, pauvre solitaire,
Des ailes pour monter au ciel avec le vent !
Pourquoi donc suis-je délaissé ?..
Si j'avais au cœur l'espérance,
L'Espérance
Et ton baiser !...

J'aime... et je porte mon amour
Triste en mon triste cœur ! Hélas ! il rit le monde
Et moi je le hais le vautour
Qui m'étouffe en riant avec sa serre immonde !
Pourquoi donc suis-je délaissé ?
Si j'avais au cœur l'espérance,
L'espérance
Et ton baiser !...

O ma mère, ange aux ailes dorées,
Martyre au front si souriant,
Près de ma couche désolée
Oh! viens veiller sur ton enfant!

Viens de ton haleine effleurer
Le front brûlant du fils qui pleure
Parce que tu t'enfuis à l'heure
Où le monde va l'emporter!

O femme que j'ai tant aimée,
Envoyez l'espérance ailée
Du ciel, pour enivrer mes dix-huit beaux printemps
Et je vous bénirai, ma mère, en leur criant :
Me voilà! suis-je délaissé ?...
Non! j'ai dans le cœur l'espérance,
L'espérance
Et ton baiser!.....

Sapins de Vic, 11 février 1869.

VISION !

« Bel ange, emporte-moi! je t'aime et veux ce soir
    Fuir avec toi : j'ai peur dans l'ombre!
Si suaves sont tes pleurs, si doux ton doux regard,
    Si pure est l'étoile au ciel sombre!

Et puis, vois! je suis jeune, et ne sais pas tromper!
    J'aime les fleurs, l'oiseau qui chante!
Et mon cœur, ma pensée, à ton âme tout aimante
    Je les donne pour un baiser!

Oh! viens, mon ange, viens! dans le grand ciel bleu!
    Là je retrouverai ma mère
Qui m'a laissé tout seul, bien loin sur la terre,
    Là je serai plus près de Dieu! »

Et l'ange souriant ouvre ses ailes d'or :
    Dans sa robe l'enfant joyeux
Se cache! — Et vers le ciel ils s'envolent tous deux,
    L'ange berçant l'enfant qui dort!

23 février 1869,

STELLA !

Solitaire dans la vallée
Sur ma triste couche je veille !
L'heure des songes est sonnée,
— Heure douce à l'infortuné, —
Qui roule, diligente abeille,
L'orbe de fer du travail-né.
Je veille ! La nuit, le silence
Sur les ailes de l'espérance
Portent mes pensers soucieux
Dans l'azur perlé des cieux !

« Etoile lointaine qui brille
Isolée aussi, toi, dans le firmament bleu,
Ton rayon tremblant qui scintille
A travers ma fenêtre enivre tant mes yeux !

Oh ! reste, reste encore, amie,
Un moment ! — Que me fait à moi l'immensité,
L'univers et ses lois ? — Oublie
Ta route, ton destin ! Vole à l'éternité

Une heure pour moi seul ! un instant !
Tes compagnes là-haut ne se moqueront pas :
Elles diront : « Il l'aime tant ! »
Et du haut des cieux nous souriront tout bas.

Mais suivant ta course azurée,
— Pur flambeau de l'âme isolée —
Au sein de l'éther velouté
Tu fuis, belle silencieuse,
Gémissant dans la nuit radieuse
Le mot fatal : Eternité !

. . . .

Oh ! du moins le soir quand je prie
Rêvant aux cœurs qui m'ont aimé
Dans mon cœur tout désespéré,
Reviens, pâle et rêveuse amie,
Reviens doucement caresser
Mon front de ton charmant baiser !

26 mars 1869.

UNE PENSÉE

Papillon à l'aile nacrée
— Rayon bleu dans la vesprée —
Qui caresse en fuyant pensive et pâle fleur
De la fidélité ta robe a la couleur !

Beau messager éclos du feu,
Au milieu des oiseaux — ces artistes de Dieu —
Des parfums dont l'âme s'enivre
Lorsque la terre chante à son ciel : « je veux vivre ! »

La brise qui t'apporte, apporte avec sa voix
De murmures mystérieuse,
Le parfum des muguets du fond de nos grands bois,
Bruyants à l'heure silencieuse !

Dis-moi si l'amour est bien beau,
Bien libre et bien fidèle, en ton ciel bleu là-haut?
Si l'âme, vers l'âme se penche,
Comme la marguerite blanche
Incline vers toi son front pâle?
Si jeunesse y règne, ardente, immortelle, fatale,
Buvant ivresse et volupté,
Se jouant comme Dieu dans son éternité?

Ici l'on n'aime pas : moi j'aurais tant aimé!
On rit de l'amour, sur la terre,
Et c'est le souffle pur qui berce l'humanité
De foi, d'espoir et de prière !

Si tu sais ce que sont ces heures insensées
Ces heures toutes d'ombre opale,
D'étoile qui scintille aux voûtes veloutées,
De jeune poitrine qui râle,
Un soupir d'amour éploré !
Où chante le timbre voilé
D'une voix qui répond bien bas à votre voix,
Douce comme le vent qui chantait autrefois

Dans le luth de Cymodocée!
Où l'âme prie et pleure en un regard de feu!
    — Dis! Loin de la terre empestée,
Sont-elles, ces amours, sont-elles dans les cieux?..

    N'en serait-il pas jaloux, Lui?...
N'aurait-il pas créé pour les âmes avides
Des fantômes navrants, d'horribles chansons vides!
Oh! si l'on n'aimait que sur la terre!
Oh! je lui vouerais une infernale colère!
Pour avoir blasphêmé son œuvre et l'infini!
    Et je le défierais d'ôter
A mon cœur le parfum que sa main a planté!...

7 avril 1869.

3

POURQUOI?

Vous me demandiez l'autre soir
En riant sous vos beaux cils noirs
Pourquoi près de vous je suis triste,
Pourquoi si souvent sont tristes
Mes pensers, tristes mes chansons?
Pourquoi ma main presse mon front
Que souvent une ombre pâlit !

Ecoutez : le monde a sali
De sa bave hideuse, l'aile
De mon espérance, si belle !

— Espoir, enivrante chimère !
Lyre aux beaux concerts éplorés !
Vision de fantômes dorés !
Fleur qui voile la coupe amère

A jeunes lèvres frémissantes,
Oh! quand tu tombes qu'il fait froid
Dans le cœur aux chansons brûlantes
Qui chantait ne souriant qu'à toi!...

Qu'avais-je besoin de souffrance?
Oh! ma main tu comprimes en vain
Ce pauvre cœur! — Oh! l'espérance!
Horrible, horrible le destin!......

Mais pardonne, Dieu! j'oubliais!
·Là, dans ma poitrine ma joie
Un délire que nul n'arrachera jamais!
Souvenir tout divin, extase, qui t'envoie?..

Dans l'ombre brune et le silence,
Quand la brise plaintive embrasse l'éther bleu
A l'heure où l'amant des nuits lance
Ses chansons de trilles harmonieux,
Tout palpitant d'amour, de forte liberté,
      — Fanfares de folle gaîté,
Lorsque, ma main pressant ta blanche main qui
      Bien bas nous rêvons ensemble :   [tremble
      Toi riant ton rire argentin,

Moi t'écoutant rire et buvant ta voix émue
     — Douce comme la voix des nues
Qui chantait Laurence, et le Lac et le Destin!...
     Au milieu des tièdes haleines
Mon âme suit ton âme au ciel sombre si bleu!
     Et là-haut l'étoile lointaine
Nous souriant toujours, monte, monte vers Dieu!

     Oh! qu'ils me mordent, les infâmes,
S'ils veulent!—Je leur ris, je les hais dans mon âme!
     Ils peuvent salir ma vision,
Mais à mon cœur jamais ils ne l'arracheront!

26 mai 1869

En passant par la vie
Je ne vois que des fleurs flétries :
Et jeune encore malgré la souffrance,
Je tète toujours l'espérance :
Je suis homme — ma foi,
Hommes, pardonnez-moi!

MALHEUR !

Sombre est le ciel au loin ! Sombre, le chemin creux
    Sous les vieux chênes qui gémissent....
Trente, ils sont dans la nuit — qui vont silencieux !
Trente noirs cavaliers !—leurs longs manteaux se plis-
Au souffle échevelé d'un galop haletant...   [sent

    Soudain près du ruisseau qui chante
A travers les cailloux du chemin, Kervoran
    Retient sa cavale fumante.

Kervoran, c'est le chef ! — à la figure altière,
Superbe de beauté, bravoure, morgue fière ;
Front pétri de passions et nobles loyautés ;
Regard d'aigle tout plein de fatales clartés !
« Halte ! — Quelle est, Madek, cette masse là-haut,

Entre nous et ce grand nuage? »
— « Kervoran, c'est lui, le château!. »
Kervoran dit « allons! » — Et, blémissant de rage,
Tous s'élancent comme un tourbillon de corbeaux,
Et dans l'ombre une voix crie au loin sur les eaux :
    « Malheur aux pauvres orphelins!
    Malheur à la vierge timide!
    Malheur aux colombes rapides!
    Malheur aux oiseaux du chemin! »

Nuit, pâle déesse aux longs voiles argentes,
O vierge belle et voluptueuse,
Quand tu berces les cieux dans tes plis étoilés
De mille perles radieuses,
Tous ceux qui savent ici-bas
Rêver, pleurer, prier bien bas,
Tous ceux en qui bondit, sous la mamelle gauche,
Un souffle palpitant qui chérit et créé,
— D'un amour infini, sainte et divine ébauche —
Tous ceux qui savent s'enivrer
Des parfums délirants de ton âcre silence,
De tes longues heures, où toute âme s'élance
Dans l'éther, océan de Dieu ;
Où la nature qui veille,
Seule et jeune, chante à l'oreille
Des concerts d'accents voluptueux,
Oh! tous ceux-là, nuit, te bénissent!

....Mais quand passe le mal, alors horrible es-tu!

Les grillons funèbres dans le gazon frémissent ;
Le vent lèche en sifflant le tronc des saules nus !
Alors le cœur a froid dans le vallon ombreux !
La cime du chêne y pleure des chants affreux !
        Et l'on entend l'herbe fanée
        Crier sous la faux ébréchée
De l'antique remords — pâle faucheur errant
Dans les noirs rochers, dans le bois qui crie au vent...
Le farfadet sur la bruyère qui gémit
Passe silencieux ! — C'est l'heure au crime inouï,
C'est l'heure à la vengeance, au forfait impuni !
Garde-toi de dormir, innocence fragile,
Veille ! le vautour guette, en la nuit immobile...

Mais voici qu'un éclair jaillit
Du front noir de la tour muette
Qui brave les nuages. — Alerte!
Une lueur rouge bondit
Des vieux créneaux dans la vallée
Et se balance, nue et décharnée
Aux branches énormes des pins!
Et Kervoran s'écrie : « enfin! »
Alerte! alerte! serfs, esclaves de la terre!
Alerte! au castel!
C'est le signal de guerre!
Du sir c'est l'appel!

Le berger, dans le fond de la vallée,
Qui repose en sa hutte de feuillée
S'éveille à ces étranges bruits :
Se dressant éperdu sur son lit de bruyère
Qu'une grande lueur rougit,
Il entend se croiser sur le val solitaire

Des concerts effrayants de cris, de chants affreux :
Tremblant il se signe et se recommande à Dieu.

Ils sont là les trente fantômes,

Noirs enfants de la nuit :

Tout près, ils ont mis à l'abri

Leurs chevaux hardis sous le dôme

Des grands arbres. — Le poignard aux dents

Ils se sont précipités dans

La fosse d'eau profonde

Qui lèche la muraille ronde !

Le rempart escaladé,

Les soldats égorgés,

Sous les arceaux gothiques

Et sculptés

Du vieux donjon, ils sont entrés,

Malgré le fer des piques !

Une lampe d'or luit au plafond — triste, fumeuse,
Qui veille et tord sa flamme en spirales railleuses

. . . .

Elle est belle! elle est pâle — et fière! ses cheveux
Dénoués l'entourent ainsi qu'un beau nuage;
Elle est fière! une larme amère, tout de rage,
Perle et tremble parmi ses longs cils noirs soyeux!
Dans son œil bleu l'éclair du courage s'enflamme!
La vierge est brave, mais, la pauvre, elle est femme!

Debout tout près du lit et la main dans la main
De son père, et son père est là, blessé, gisant;
Il écoute venir la mort qui lui défend
De se dresser devant les bandits, son épée
Au poing, pour secourir et sauver son aimée!
Il écoute venir les clameurs de l'orage
Qui monte, monte à lui par l'escalier tournant,
Et maudissant tout haut sa blessure et son âge,
Fou de désespoir, blême et grinçant les dents

Il dit : « vengeance ! haine ! oh ! jusque dans les cieux ! »
Puis étreignant sa fille, ils attendent tous deux.
La porte de vieux chêne aux ferrures sculptées
Volé en éclats : un homme en riant un rire hideux
Se précipite, hardi comme la destinée —
On entend un bruit sourd, un cri rauque, affreux !
Et c'est tout ! Kervoran reparaît sur les dalles
Du sombre corridor, — et de l'escalier
Sa voix stridente dit à ses fiers cavaliers :
« Aux flammes le castel, et pillez ! par les sandales
Du pape ! tout à vous ! allez ! moi, j'ai ma proie !... »
Et l'œuvre s'accomplit : les serfs vinrent trop tard,
Quand la troupe déjà galopait sur la voie
Pierrée et par delà le ruisselet bavard...

VOLUPTÉ

Dans la nuit, en silence,
— Feu follet —
Sous l'arceau se balance
Le quinquet.

Ce soir la muse a murmuré
Chanson d'amour à mon oreille,
Blonde amie !
De sa bouche toute vermeille
La folle rieuse a soufflé
Ma bougie !

« Viens, dit-elle, mon bien-aimé,
Nous sommes seuls ! à ta croisée
Viens rêver !
La nuit règne ! vois, la cité
Se tait et s'endort fatiguée
A nos pieds !

Noir dans le ciel bleu, le donjon
Solitaire là-bas veille
  Tristement,
Et l'orfraie aux blêmes chansons
En son nid de pierre s'éveille
  En hurlant !

Viens ! le sommeil berce la terre !
Il est si suave, si profond
  L'air des cieux !
Nous sommes seuls ! il fait si bon,
Quand on sent le monde se taire,
  Vivre à deux !

Laisse, ami, ton âme s'ouvrir !
Enivre-toi de ta jeunesse
  En chantant,
Viens ! mon cœur a soif de jouir !
Un baiser. — Le bonheur m'oppresse
  Délirant !

Oh ! saintes, poignantes ivresses !
Eclairs où notre cœur se fond
  Tout brisé !

Oh! sanglots! divines caresses
De ton énervant frisson,
    Volupté!

Volupté! délire âpre, ardent,
Où faible la raison expire
    Quelquefois,
Comme, trop montée, une lyre
Se brise en frémissant
    Sous les doigts!

Volupté! céleste harmonie!
Chants des oiseaux!.., baisers brûlants!...
    Quand les yeux
Brûlent; quand la lèvre pâlie
Boit les longs parfums enivrants
    Des cheveux!

Quand les mains se cherchent tout bas,
Pourquoi souvent une froide lame
    De poignard
Terrible, alors déchire l'âme?
Pourquoi néant tend-il ses bras
    Goguenard?...

Mais qui donc là-bas rit si fort?
— Sans doute c'est la girouette
    Du toit vieux
Qui grince au vent, ou la chouette
Qui sanglote son cri de mort
    Vers les cieux ;

Non ! C'est dans la nuit qui s'avance
Debout sur un pied, un moqueur
    Farfadet !
De son haleine, le rageur,
Sous l'arceau tout noirci balance
    Le quinquet!...

Novembre 1869.

4

« SI J'OSAIS ! »

Lorsque ce soir vos mains mignonnes
Chantaient amoureuses canzones
    Sur le pur ivoire,
Et qu'au dehors le vent terrible
Soufflait dans la nuit horrible
    Si froide et si noire,

Savez-vous, rieuse brunette,
De ma main soutenant ma tête,
    A quoi je pensais?...

N'allez pas, au moins, me sourire
Et, moqueuse, bien haut me dire
    Que tout mon devoir
Alors est d'écouter ! — Peut-être
Quand vous saurez, vais-je vous être
    Tantinet moins noir?...

Donc je pensais au temps passé,
A cette heure où vous me disiez
   Tout bas : « Si j'osais ! »

Et dans moi j'écoutais chanter
Souvenirs de folles gaîtés,
   Rires argentins,
Et la vielle à la voix dure, aigre
Du mendiant pâle, si maigre,
   Et son gai refrain !

Pauvre idiot ! son unique idée
Avec son unique bourrée (1)
   En lui s'extasiait !
Et nous, fous d'une folle ivresse
Nous dansions ! — et verte jeunesse
   Avec nous chantait !

Oh ! comme il m'en souvient, brunette,
De ce soir de tant jeune fête
   Suave et charmant !

(1) Danse particulière des habitants du Morvan.

Souvenir est si doux à l'âme ;
Surtout de belle âme de femme,
Souvenir aimant !

...Vrai, si j'osais ! et sans la crainte
De vous troubler dans la complainte
De Rosaïta
J'aurais demandé, sans défiance,
S'il vous en souvient de nos danses
De ce beau soir là....

22 novembre 1869.

EFFROI ET ORGUEIL!

Mon Dieu ! toujours errer de la peur à l'orgueil !
Je suis jeune pourtant ! — Et déjà, l'âme en deuil,
    J'ai trop supporté de la vie !
    Coupe, elle est amère, ta lie !

....Mais dis-moi donc où va ta route si rapide,
Humanité? Tu peux répondre : « que t'importe?
    Va toujours, va, je suis ton guide! »
Et, fière, me montrer sur ton bras qui le porte
Un bel enfant moqueur qui sommeille à demi :
Ton petit nourrisson, mère, il est bien petit!

....Moi, j'ai peur : je doute et je souffre !
Je doute ! La vie est pour moi trop sombre gouffre,
Un creuset où bouillent sans cesse palpitants
Les larmes sans espoir, et l'espoir sans domaine ;

Et des lutins sont là debouts et triomphants :
Ils s'en vont triturant la pauvre boue humaine !
Le vainqueur c'est la tombe et le vaincu c'est l'hom-
Encore s'il le savait, ce serait demi-mal.   [me !
— Et pourtant ce n'est pas le manque de journal :
Peut-être il en a trop pour sa raison de gnôme.
Mais la lumière est le masque — et la nuit on ripaille :
Le pâle ver rongeur assouvit bien sa faim
Près du riche éhouté, et puis repus, bien plein
Il revient se traîner, le lâche, sur la paille
Où la pauvreté blême avec des ris l'accueille :
La fourmi du ruisseau s'embarque sur la feuille !
Alors c'est un gala tout hideux et ribaud,
— Honteuse orgie où meurt ce que l'âme a de beau !

L'âme ! allons donc ! on dit qu'il n'en est pas ! [me,
Non ! pas plus que d'amis très-souvent au pauvre hom-
Ou tout au moins alors n'en a-t-on qu'un atôme,
Un bien petit morceau, qui parle, mais si bas !....
Et d'ailleurs à quoi bon ? Pourquoi donc faire, une âme ?
Il n'est rien à brûler, pourquoi donc une flamme ?
Pour aimer ? — Mais l'amour ce n'est plus qu'un jeton !
Pour haïr ? — Mais haïr, ce n'est plus que sourire
Tout haut, et tout bas mordre à la réputation !
Ce n'est plus haïr, fier, c'est quelque chose pire

Que le hargneux regard du chien, au chien qui lorgne
Sa pâture — un morceau de hideuse charogne. [tent,
Pour sentir? — Mais ce sont les yeux tout seuls qui sen-
Les yeux du ventre aussi, j'en connais qui s'en vantent !
Pour prier? — Mais prier, c'est maudire aujourd'hui !
Et puis prier quoi? qui?—Dieu : mais Dieu n'est plus lui!
« Divin Raphaël, aux pieds de Fornarina
« Tu priais aussi toi : ce fut là ton génie !
« Ta prière pleurait brûlant ton Italie
« Dont le sol à cette heure effondre sous les pas ! »
Mais Raphaël est mort, mort de Fornarina,
Et dans le long passé son siècle dort déjà.
Et notre siècle aussi dort — et la lyre immortelle
Se tait! Le génie en pleurant a plié ses ailes
Et triste à l'horizon tout sombre il s'est enfui !
Un rire d'épicier, hypocrite et strident,
Funèbre comme un glas, froid comme de l'argent
— Un vrai frisson d'hiver — passe sur le vieux monde
Qui se roule et se tord parmi sa bauge immonde !
Et tout est contrefait; tout est la comédie!
On y joue à l'honneur en baisant l'infamie!
La bonne foi si belle a fui l'humanité
Folle, découragée : — et l'égoïsme est né !
. . . .
Bardes, où êtes-vous? où êtes-vous, voix saintes?

J'écoute et n'entends que désolantes plaintes
De marchands, que blasphèmes hideux de débauchés !
Où êtes-vous, vous qui nous faites adorer
Les fleurs et les chansons, les oiseaux et les femmes !
Vous dont l'âme rayonne ainsi qu'un beau soleil,
Dont la voix met au cœur un hardi chant vermeil,
Un sourire joyeux, aux lèvres, une flamme —
Qui soufflez aux peuples dans vos accents d'airain
L'amour et la valeur — clefs d'or de leurs destins ?
Oh ! n'est-ce pas ? L'écho du génie est toujours là !
Qu'un luth sonore vibre et chante, il répondra !
. . . .

Et pourtant j'ai, dans ma poitrine qui palpite,
J'ai mon cœur, mon cœur brisé qu'une atroce douleur
A longtemps épuré — que le monde gravite
Autour de lui sans bruit, il se tait ! Mais malheur
A ce monde écœurant, s'il l'éveille sans pitié :
Les dards lui sont aigus ; son immortalité
Lui pèse et il la jette au nez de l'orgueilleuse
Et chétive déesse à la voix si menteuse !
C'est qu'il a bien souffert, mon cœur, et que parfois
Il pleure encor — mais seul — et quand il a bien froid ;
Quand il se serre d'effroi — lorsque l'âpre amertume
Des souvenirs heureux l'étouffe ! — Oh ! l'avenir,
La jeunesse, pourtant, jaillissent de la brume

Pour me tendre la main! marchez je vais venir!
A la fête de la vie ils veulent me conduire!
Marchez! J'y vais joyeux : car je suis homme encor!
Et mon amante au loin, ma douce étoile d'or,
— L'Espérance — m'appelle, avec son beau sourire!

Février 1870.

CACHE-LA !

Mignonnette
Ma brunette,
Donne-moi
Un cheveux,
Car je veux
Lier pour toi
Ma cueillette
De violettes
En bouquet
Bien coquet!

L'ai cueillie
Si jolie
En rêvant.
— Du printemps
Plein le cœur —

Vers l'eau pure
Qui murmure
Dans les prés,
Diaprés,
Pleins de fleurs!

Vers la roche
Qui se penche,
Et tout proche
Du sentier,
Sous les branches
Des pommiers!

L'ai cueillie
En chantant
Ton doux nom,
Ma chérie,
— Ma chanson
Tout de flamme
Résonnant
Dans mon âme!

La voilà
Parfumée

Et liée :
Tiens, mets là
Sur ton cœur,
Mon bonheur !

Cache-la,
Que personne
Ne soupçonne
Qu'elle est là !
— Pâle fleur
Sa senteur
Trahirait
Nos secrets !

Mignonnette,
Ma brunette,
Donne-moi
Un cheveux
Car je veux
Lier pour toi
Ma cueillette
De violettes,
En bouquet
Bien coquet !

Avril 1870.

ECOUTE !

Ame aimée
Enlevée
Par moi
Au néant
Béant
Et si froid,

Douce fleur
Épanouie
Ravie
Au soleil
Vermeil
Du bonheur,

Oh! secoue
De ta joue
Encor

Le baiser
Du passé
Qui dort!

Ma pensée
Extasiée
Bercée
En toi
Depuis des mois.

Prie et pleure
Pour que meure
L'heure de mort
Qui tinte encor!

Ah! mignonne,
Qui te donne
Si bonne
A moi :
Vite, oublie, va!
Vite oublie
Mon amie
Le temps
Triste d'antan!

Triste à penser
  Ce passé
    Froissé
    D'amours
Tout à rebours !

Vite ! aime ! aime !
Car je t'aime
    Moi-même
    D'amours
Oh ! pour toujours !

    Destinée
    Aveuglée.
  — Rusée —
    Pourquoi
Tu m'oublias ?

    Mais j'oublie
    Les folies
    Repenties
      Aussi ;
— Je m'en réjouis !

Le passé
Envolé,
Pardonné,
Laisse venir
L'avenir
Sans frémir !

Un baiser !
Viens, brunette
Mignonnette
Me donner
Un baiser
Que je rendrai !

Et la vie
Réjouie
Bénie
Tout bas
Te sourira !

22 juin 1870.

ADVIS !

Jadis, s'il faut en croire
L'histoire,
Pour choisir
Ses braves, sans faillir,
Un général
Adroit pas mal
Conduisit son armée
Altérée
Près d'un ruisseau.
Aussitôt

Les plus braves se jetèrent
Dans la rivière
A corps perdu ;
Et de l'aventure

Il y en eut
Qui burent
A faire craquer
Leurs sous-pieds!

— Aujourd'hui
Dans notre place
Où l'on rit,
Le vin du coteau
Remplace
L'eau. —

Donc, en ces jours
D'humour
D'appels sonores
— Rayons vermeils
Du fécond soleil
Qui dore
Les sombres monts
Des élections,

Citoyen
Sémurien
Je t'invite, sans vergogne,

A ranger tout près
D'un fût défoncé
De vieux bourgogne
Les candidats
A ton sénat —

Tu verras
Et choisiras !
— Mais d'abord je t'engage
A faire poser
Quelques sous-pieds
Ce sera plus sage.

6 juillet 1870.

ENIGME !

A tout insensible
— Fors à la belle vérité —
Fière, ardente, terrible
De sa mâle majesté,
Souriante, inquiète,
Douce à la misère,
Comme est douce une mère
A son enfant qui tète,
Ainsi j'avais rêvé
Dans ma simplicité !

Mais sans doute c'était par une nuit étoilée
De mai, que mon âme rêvait,
Par une tiède nuit, quand froidure envolée
Fait place aux sourires coquets
De la nature

Qui renaît et murmure
Jusqu'au fond des guérets !
Quand le printemps enivre,
Quand le cœur aime à vivre !...

Car en flanant l'autre soir
Je l'ai rencontrée
Frisant le trottoir
De sa botte enrouée,
Et — bien sûr — la brume
M'a caché
Sans le vouloir, quelqu'une
De ses qualités.

Toujours est-il que je l'ai vue
S'en aller chantonnant
Le nez au vent
Comme une grue
Et à sa mine
De gamine
Si j'osais
Je croirais
Presque
A quelque fresque

Me la montrant
Adorant
De fades réalités !

Au reste si vous la voyez,
A ceci la reconnaîtrez :

Son sceptre est une badine
Et pour se tenir droite
La belle qui fait taille fine
S'enserre en un corset :
Son buste boite
Un tantinet....

8 juillet 1870.

A V. J.

MERCI !

Cœur tout ardent,
Ame à la forte pensée
Dorée,
Lorsque j'entends
Mon bien jeune passé
Glissé
Dire tout bas
Vos verves à mon oreille
— Vermeilles
Chansons de foi
De feu, de bel espoir
Qu'au soir,
Chacun de nous
Après les avoir entendues
De vous,
Dans la classe nue,
Comme une âpre prière
Fière

Seul, redisait —
— Bercé de rieuses images
Volages
Que nous évoquait
Votre parole acérée
Ailée,
Lorsque j'entends
Votre voix qui raille et chante
Vibrante
En nous enlevant,
Moi je vous dis : Oh ! merci !
Merci !

Voici s'ouvrir les fleurs rosées
Des pommiers !
Oh ! d'âcres senteurs embaumées
Planent dans l'air chaud — envolées
Des grands vergers !

La femme du laboureur reste
Seule au foyer,
Raccommode, en chantant, la veste
De son homme, pendant la sieste
Du gros bébé;

Elle sent le bon air qui pénètre
Jusqu'au berceau;
Le soleil luire à la fenêtre,
La vie sourire au petit être
Et dit : c'est beau !

Lorsque le vent du désert plie
Le fort palmier,
L'arabe entend l'arbre qui crie
— Puis dresse sa tige épanouie
Tout fécondé !

... Quand je sens mon âme qui prie
A quelque cri,
Quand je vois la mission remplie
Ou la haine qui se replie
Comme un cric,

Lorsque passe la comédie
Du beau qui fuit,
Que voulez-vous donc que je die?
Sinon que mon âme vous crie :
« Compris ! merci ! »

« Merci ! d'avoir été l'haleine
Du vent fécond,
— Et le chaud soleil de la plaine
Avec qui fleurs nous viennent
Et papillons!

27 juillet 1870.

OH ! NON !

Oh ! non, ils ne l'auront pas notre belle France !
    Notre fière cavale qui hennit !...
Ils l'ont piquée avec la pointe de leur lance !
    Uhlans ! prenez garde ! elle rue aussi !

Ils l'ont piquée au.flanc — et, frémissant de rage,
    Toute droite elle s'est levée aussitôt...
C'est qu'elle est rude à vaincre, allez, la sauvage !
    Uhlans ! oh ! quelle vengeance il lui faut !

Roi-tyran ! trop tôt tu t'es lancé du donjon !
    Ah ! la couronne de fer, tu la rêves...
Nous t'en donnerons du fer.... du fer et du plomb !
    Jusqu'à ce que tu nous demandes trève !

Ah! tu crois hardiment que ton tas de corbeaux
    Vient s'abattre en France pour la curée !
Mais tremble donc! berger de serviles troupeaux,
    Tu n'es qu'un roi : la France est une idée!

Là-bas! ils sont tombés! un contre six, nos braves!
    Gloire et honneur à eux : un contre six!
Malheur pour vous! déjà vous rêvez des entraves!
    Malheur! nous vaincrons un contre dix !

Oh! non, ils ne l'auront pas notre belle France !
    Notre fière cavale qui hennit !...
Ils l'ont piquée avec la pointe de leur lance !
    Uhlans! prenez garde ! elle rue aussi !...

17 août 1870

FRAYEUR !

Enfant, va, ne mets pas ta belle mante rouge :
    L'air est doux et tiède ce soir !
Pas une feuille au loin, pas une herbe ne bouge,
Pas un bruissement dans les branches des pins noirs!

    Elle te sied si bien ta mantille
    Ta mantille couleur de feu !
Elle fait ta mine et ta tête si gentille,
Et met si doux regard au fond de tes grands yeux !

    Tes yeux noirs, ma toute chérie !
    Et tu sais que je suis tant jaloux !
Je ne veux même pas qu'un autre porte envie
A mon trésor aimé, j'en deviendrais fou !

Va! songe que si dans ta route
Tu rencontrais un beau fringant,
Il lorgnerait, le fat, et jaserait sans doute !
Tu t'en moques et dis : « autant souffle le vent! »

Je n'en ris pas : une pensée
Sais-tu? même pas exprimée
Parfois souille plus qu'un hardi regard brutal :
La déesse descend du divin piédestal !

Puis songe ! si dans la vallée
Près de toi passent les « grands bœufs »
Furieux, ils vont mugir et, les cornes baissées,
Te tüer, mon amour ! Et moi je serais veuf!

Et je n'entendrais plus, méchante !
Ta voix et ton rire argentin,
Et je ne verrais plus tes petits pieds mutins
Et ton si long, si long regard, oh ! qui m'enchante!...

Et pourtant elle te sied ta mantille
Ta belle mantille couleur de feu !
Elle fait ta mine et ta tête si gentille
Et met si doux regard au fond de tes grands yeux !

Tiens ! mets-la : le vent a fraîchi
Pendant que moi, je bavardais,
Mets-la ! ne boude pas — tu es si belle ainsi
Que pour ton sourire, oh ! va, je me damnerais !

30 septembre 1870

LES NEIGES D'ANTAN !

Ce soir j'étais allé vers la plaine là-bas
Puiser à pleins poumons le grand air pur et froid
Dans la brise du nord, qui durcissait la neige.
Seul dans ces champs blanchis où le silence abrége
A l'âme le sentier vers les choses passées,
Je sentis frissonner dans mon âme attristée
Un souvenir terrible et grand comme un géant :
      Je songeais aux neiges d'antan !

« Prie et pleure, va, mère ! il est aux avant-postes !
« Les membres enroidis par la pluie et le froid
« Et jusqu'à sa dernière cartouche il riposte
« A l'ennemi caché dans la nuit et les bois !

« Prie et pleure ! un cadavre est couché dans la boue ;
« La neige et l'eau du ciel lui tombent sur la joue,

« Pendant que le canon, de sa terrible voix
« Rugit et chante au loin la mort — plaisir de rois !

« Prie et pleure ! sa pauvre âme tant énervée
« Par les nains avachis qui nous ont fait pygmées
« A peur, — et il s'enfuit oubliant sa vaillance
« Sa fiancée et sa mère et notre chère France ! »

La France, notre mère, elle pleure bien aussi !
Elle pleure et ne peut que pleurer sans prière !
Car qui prier ? — Les cœurs sont de poussière
Aux lâches qui doivent combattre l'ennemi !

Les lâches sont plus forts que ceux qui sont debout !
— Oh ! j'ai vu près des bois la terre amoncelée
En tombeaux élevés, et les canons partout
Gisant muets, tout noirs, dans l'ornière gelée !

J'ai vu le froid, la faim effondrer des armées !
Et des cœurs se gorger d'ignobles voluptés ;
Puis j'ai vu les uhlans passer comme des nuées,
Des femmes en haillons leur criant : charité !

6

Et les soldats-enfants, je les ai vus mourir,
D'une mort sans profit pour la mère-patrie !
Et j'ai vu se tarir les sources de la vie
Au vieillard qui disait : « la France aussi périr ! »

Tout cela ! puis la chose, oh ! lamentable, horrible !
Un peuple vaincu — pauvre enfant irascible
Contre ses entrailles retourner les fusils
Encor chauds du combat contre les chiens maudits !

. . . .

Oh ! ces lâchetés ! et ces horreurs ! ces vampires !
Ces cadavres fumants et ces peuples en deuil !
Est-ce l'amusement des rois dans le délire ?
Est-ce l'humanité s'apprêtant un cercueil ?

Force suprême, loi, Dieu, puisque tu conduis,
Ne me diras-tu point le secret de ces haines ?
Ne me diras-tu point, lorsque la coupe est pleine
D'où part le souffle qui la touche et l'infléchit ?

A cette heure s'est fait le fiévreux silence :
La nature se met à l'œuvre et recommence !

La neige est revenue après le beau printemps :
En la vòyant, je me disais : où sont les neiges d'antan!

Et dans le ciel tout pâle une longue traînée
De corbeaux voyageurs passaient en croassant!
Je sentis frissonner dans mon âme attristée
Un souvenir terrible et grand comme un géant :
Je songeais aux neiges d'antan !

Décembre 1871.

DONNONS !

......Ils sont là qui regardent !
Railleurs et insolents ! leurs bataillons nous gardent
Sous le farouche orgueil du vainqueur abhorré !
Leur fusil sonne encor sur notre sol de France !
Ils sont là, nous vendant leur triste bienveillance !
Frères, il faut donner !

N'entendez-vous pas leurs sourires de pitié ?
Disent-ils pas que Dieu les avait envoyés
Pour châtier notre orgueil et nous donner des maîtres ?
Ils ne savent pas, les blonds amants de Gretchen,
Qu'on ne se moque d'un peuple jamais en vain !
Que s'ils ont vaincu c'est grâce à de lâches traîtres !
Frères, il faut donner !

Disent-ils pas bien haut que la France n'est plus,
Comme si la mort venait à tout peuple abattu ?
Ils ne sentent pas sous leur genou qui nous presse
Battre l'artère en feu des saintes volontés ;
Ils n'entendent pas dans leur fatale ivresse
Rugir des vents lointains, des souffles embrasés.
       Frères, il faut donner !

J'écoute dans la nuit un bruit de fers heurtés !
L'air en gémit et les froissements de l'acier
Font frissonner le cœur ! D'éblouissants fantòmes
Courent dans l'air : ce sont les âmes des aïeux [mes
Qui viennent voir si leurs descendants sont des hom-
S'ils trouveront des cœurs, et des cœurs généreux !
       Frères, il faut donner !

Il faut donner d'abord, vous, Heureux de la terre,
Pour mériter de jouir de vos félicités !
Donner beaucoup ; pour vous beaucoup ne sera guère !
Il vous brûlerait, l'or que vous garderiez !
Et vous n'oseriez plus vous appeler Français !
Et vous jetteriez un défi qui vous tuerait !
       Frères, il faut donner !

Vous, pour qui la fortune est terrible marâtre
Courbés vers l'œuvre ingrate et le gain malaisé,
Vous donnerez l'obole — et ce sera compté !
Les trésors du puissant et le denier du pâtre
·S'amoncèleront pour délivrer la Patrie
De l'acerbe étranger qui blémira d'envie !
       Frères, il faut donner !

Donnons tous sans regret et nous verrons après!
Peut-être un jour aussi serons-nous sans pitié?
Un terrible jour où nous vengerons nos frères!
Ils se repentiront trop tard les fiers étrangers !
De leurs tombeaux glacés les morts qu'ils nous ont
Tressailleront de joie en voyant nos colères :   [faits
       Frères, il faut donner !

Mars 1872.

A UNE TOMBE PRUSSIENNE!

Comme ils ont bien choisi la terre de la tombe
Sous les vieux troncs penchés de trois sapins bruyants
Dans le sombre gazon verdi par l'eau qui tombe
Et murmure sans cesse un long susurrement!
Comme ils ont bien choisi l'endroit, guerrier du Nord,
Tes compagnons, à ta dépouille ensevelie!
— Ils savent qu'au printemps l'âme du soldat mort
Revient errer parmi l'herbe fleurie!
Qu'elle aime à ressonger les bonheurs de la vie
Les anciennes amours — voluptés qu'on oublie
Quand on vit mal, ou vite, et qu'un aveugle sort
Vous jette au nez d'un roi, en pâture à la mort!
....L'air, ses âcres senteurs, les chants alanguissants
De la source ; la nuit, la terre qui sommeille

Doivent évoquer des fantômes caressants,
De bien bons souvenirs à ton âme qui veille
Rêveuse sur la pierre énorme du tombeau,
Qui se cache sous les épais et noirs rameaux !
Ce soir j'ai passé près de toi : la nuit tombait.
En passant j'ai senti ton esprit qui rêvait.

Dis, n'as-tu point souri d'un funèbre sourire
En voyant le vaincu camper sur les gazons
Où le vainqueur hier campait — faisant redire
Aux forêts ses bruits d'arme et ses fortes chansons ?

....Tu l'entends : le combat recommence là-bas !
Le canon ne fait-il pas évanouir ton rêve?
Et les horribles cris des mourants n'ont-ils pas
Chassé les doux spectres, en gémissant sans trève ?

Va ! s'ils ne troublent pas tes visions dorées
Tes anges blonds glissant sous la feuillée ;
Sois sans crainte, ils luttent Français contre Français
Sous le regard haineux de l'orgueil étranger !
Et tes frères, du haut de nos forts prisonniers,
Comptent en riant les cadavres qu'ils ont faits !

.... Mais s'ils font envoler les ombres adorćes
Qui voltigent le soir autour de ce tombeau,
S'ils ôtent à la mort son enivrant repos,
Oh! maudis-les! maudis leurs luttes insensées!

25 avril 1871.

Au camp de la Cour—Roland (près Versailles).

CE N'EST PAS ASSEZ !

Pur front de déesse — deux grands yeux noirs
Mettant à qui les regarde le soir
Un éclair au cœur, un frisson dans l'âme ,
Sourires perlés — avec deux fossettes
Où se cache la volupté
Comme la joyeuse fauvette
Parmi les sillons des grands blés,
Croyez-moi, ce n'est pas assez, Madame!

Ce n'est pas assez d'avoir la démarche
De l'Andalouse — sylphide qui marche
Hardiment en foulant les roses
Que son ciel d'amour jette écloses,
Comme un doux tapis sous ses pieds
Tout moelleux et tout parfumé!
Ce n'est pas assez d'un beau luth, Madame,
Il faut l'artiste aux chants de flamme!

Un bandeau bien noir sur un front bien pâle
Je n'ai jamais rien connu de plus beau !

« Oh ! lorsque la valse aux voiles d'opale
Sous l'ardente clarté de cent bougies
Enivre la femme de ses sanglots
Sentir frissonner tout son corps qui plie ! »
    ....Madame, ce n'est pas assez,
Il faut sentir aussi l'âme vibrer !

Savez-vous la tempête sans rafales ?
Savez-vous la nuit de mai sans étoile,
Sans rossignol qui chante aux cieux ?
La fleur sans parfum, l'univers sans Dieu ?
Pourtant moi je sais un marbre sculpté,
Tout de grâce et de suave volupté
Pétri d'éclairs, de feu fatal qui tue —
Ce marbre est statue, et cette statue....

Cela ne suffit, n'est-ce pas, Madame ?
Il manque quelque chose à cette femme ?...

1872.

FRANCE !

O ma douce Patrie ! ô belle infortunée
Terre des blonds épis, des pampres radieux,
Déesse au flanc robuste, à la brave pensée,
Amante des héros et des cœurs généreux,

Ma France, sais-tu bien que j'ai peur à te voir
Péniblement gravir le long sentier si noir
De l'avenir, où croît dans l'ombre désolée
Un pâle fruit, où meurt une fleur décharnée !

— Etrange moisson qu'une épouvantable haîne
A semée et nourrit du fiel des vieux vaincus !
— Eau qui dort en voilant d'un masque de sirène
Ses abîmes et les flancs des rochers pointus !

Prends garde ! voyageuse aimée, elles sont là
Les trappes et leurs dents de fer, bien déguisées
Sous tes beaux pieds blessés ! Oh ! tiens, n'entends-tu
Le frémissement de lances bien aiguisées ?   . [pas

Prends garde ! ta tunique éventrée au combat
Montre à l'air qui la mord, ta poitrine trouée ;
La plaie énorme saigne et l'air ne guérit pas :
Croise donc sur ton sein la toile déchirée !

Et puis ne vois-tu pas près des créneaux en ruines
Un corbeau tout joyeux voleter lourdement ;
Prends garde à ta blessure, il croasse en sourdine :
L'oiseau noir a, je crois, humé l'odeur du sang !

Tu marches en silence tu vas solitaire
Déroulant ton chemin tortueux et malaisé ;
Oh ! du moins ne perds pas courage, pauvre mère !
L'ennemi blémira sans oser t'insulter !

Car nous sommes là, nous, avec notre jeunesse,
Nous, les jeunes de cœur, avecque nos vingt ans ;
Et du doigt nous brisons le traitre qui te blesse,
Et nous l'écrasons comme on écrase un serpent !

Ne pleure plus ! relève, ô ma France chérie,
Ta paupière soyeuse, et marche sans trembler
Lentement, ménageant ton haleine et ta vie
Et sur notre jeunesse ose un peu t'appuyer !

La lutte a fatigué ton âme si vaillante :
Nos âmes y mettront leurs grands souffles de feu.
Crois en nous seulement ! et le cercle hideux
Se rompra, qui t'étreint de sa dent énervante !

L'ardente sève bout et brûle dans nos veines
Vois ! notre force est en toute sa puberté !
Les jeunes promesses n'ont jamais été vaines :
Nous te promettons aide, amour et Liberté !

Août 1873.